Abschweifung über produktive Arbeit

Karl Marx

copyright © 2023 Culturea éditions
Herausgeber: Culturea (34, Hérault)
Druck: BOD - In de Tarpen 42, Norderstedt (Deutschland)
Website: http://culturea.fr
Kontakt: infos@culturea.fr
ISBN:9791041933389
Veröffentlichungsdatum: FEBRUAR 2023
Layout und Design: https://reedsy.com/
Dieses Buch wurde mit der Schriftart Bauer Bodoni gesetzt.

ER WIRT MIR GEBEN

Abschweifung über produktive Arbeit

Ein Philosoph produziert Ideen, ein Poet Gedichte, ein Pastor Predigten, ein Professor Kompendien usw. Ein Verbrecher produziert Verbrechen. Betrachtet man näher den Zusammenhang dieses letztren Produktionszweigs mit dem Ganzen der Gesellschaft, so wird man von vielen Vorurteilen zurückkommen. Der Verbrecher produziert nicht nur Verbrechen, sondern auch das Kriminalrecht und damit auch den Professor, der Vorlesungen über das Kriminalrecht hält, und zudem das unvermeidliche Kompendium, worin dieser selbe Professor seine Vorträge als »Ware« auf den allgemeinen Markt wirft. Damit tritt Vermehrung des Nationalreichtums ein. Ganz abgesehn von dem Privatgenuß, den, wie uns ein kompetenter Zeuge, Prof. Roscher, [sagt,] das Manuskript des Kompendiums seinem Urheber selbst gewährt. Der Verbrecher produziert ferner die ganze Polizei und Kriminaljustiz, Schergen, Richter, Henker, Geschworene usw.; und alle diese verschiednen Gewerbszweige, die ebenso viele Kategorien der gesellschaftlichen Teilung der Arbeit bilden, entwickeln verschiedne Fähigkeiten des menschlichen Geistes, schafffen neue Bedürfnisse und neue Weisen ihrer Befriedigung. Die Tortur allein hat zu den sinnreichsten mechanischen Erfindungen Anlaß gegeben und in der Produktion ihrer Werkzeuge eine Masse ehrsamer Handwerksleute beschäftigt.

Der Verbrecher produziert einen Eindruck, teils moralisch, teils tragisch, je nachdem, und leistet so der Bewegung der moralischen und ästhetischen Gefühle des Publikums einen »Dienst«. Er produziert nicht nur Kompendien über das Kriminalrecht, nicht nur Strafgesetzbücher und damit Strafgesetzgeber, sondern auch Kunst, schöne Literatur, Romane und sogar Tragödien, wie nicht nur Müllners »Schuld« und **Schillers »Räuber«**, sondern selbst »Ödipus« und »Richard der Dritte« beweisen. Der Verbrecher unterbricht die Monotonie und Alltagssicherheit des bürgerlichen Lebens. Er bewahrt es damit vor Stagnation und ruft jene unruhige Spannung und Beweglichkeit hervor, ohne die selbst der Stachel der Konkurrenz abstumpfen würde. Er gibt so den produktiven Kräften einen Sporn. Während das Verbrechen einen Teil der überzähligen Bevölkerung dem Arbeitsmarkt entzieht und damit die Konkurrenz unter den Arbeitern vermindert, zu einem gewissen Punkt den Fall des Arbeitslohns unter das Minimum verhindert, absorbiert der Kampf gegen das Verbrechen einen andern Teil derselben Bevölkerung. Der Verbrecher tritt so als eine jener natürlichen »Ausgleichungen« ein, die ein richtiges Niveau herstellen und eien ganze Perspektive »nützlicher« Beschäftigungszweige auftun.

Bis ins Detail können die Einwirkungen des Verbrechers auf die Entwicklung der Produktivkraft nachgewiesen werden. Wären Schlösser je zu ihrer jetzigen Vollkommenheit gediehn, wenn es keine Diebe gäbe? Wäre die Fabrikation von Banknoten zu ihrer gegenwärtigen Vollendung gediehn, gäbe es keine ||V-183| Falschmünzer? Hätte das Mikroskop seinen Weg in die gewöhnliche kommerzielle Sphäre gefunden (siehe Babbage) ohne Betrug im Handel? Verdankt die praktische Chemie nicht ebensoviel der Warenfälschung und dem Bestreben, sie aufzudecken, als dem ehrlichen Produktionseifer? Das Verbrechen, durch die stets neuen Mittel des Angriffs auf das Eigentum, ruft stets neue Verteidigungsmittel ins Leben und wirkt damit ganz so produktiv wie strikes auf die Erfindung von Maschinen. Und verläßt man die Sphäre des Privatverbrechens: Ohne nationele Verbrechen, wäre je der Weltmarkt entstanden? Ja, auch nur Nationen? Und ist der Baum der Sünde nicht zugleich der Baum der Erkenntnis seit Adams Zeiten her? Mandeville in seiner »Fable of the Bees« (1705) hatte schon die Produktivität aller möglichen Berufsweisen usw. bewiesen und überhaupt die Tendenz dieses ganzen Arguments:

»Das, was wir in dieser Welt das Böse nennen, das moralische so gut wie das natürliche, ist das große Prinzip, das uns zu sozialen Geschöpfen macht, die feste Basis, das Leben und die Stütze aller Gewerbe und Beschäftigungen ohne Ausnahme; hier haben wir den wahren Ursprung aller Künste und Wissenschaften zu suchen; und in dem Moment, da das Böse aufhörte, müßte die Gesellschaft verderben, wenn nicht gar gänzlich untergehen.«' [Fußnote]

Nur war Mandeville natürlich unendlich kühner und ehrlicher als die philisterhaften Apologeten der bürgerlichen Gesellschaft.